अयोध्या पीड़ाघन

सोनिका हितेश

BlueRose ONE.com
Stories Matter
NewDelhi • London

BLUEROSE PUBLISHERS
India | U.K.

Copyright © Sonika Hitesh 2025

All rights reserved by author. No part of this publication may be reproduced, stored in a retrieval system or transmitted in any form or by any means, electronic, mechanical, photocopying, recording or otherwise, without the prior permission of the author. Although every precaution has been taken to verify the accuracy of the information contained herein, the publisher assumes no responsibility for any errors or omissions. No liability is assumed for damages that may result from the use of information contained within.

BlueRose Publishers takes no responsibility for any damages, losses, or liabilities that may arise from the use or misuse of the information, products, or services provided in this publication.

For permissions requests or inquiries regarding this publication, please contact:

BLUEROSE PUBLISHERS
www.BlueRoseONE.com
info@bluerosepublishers.com
+91 8882 898 898
+4407342408967

ISBN: 978-93-6783-884-6

Cover design: Yash Singhal
Typesetting: Namrata Saini

First Edition: March 2025

ॐ चित्रगुप्ताय: नमः

अपनी प्रथम पुस्तक दादाजी आदरणीय स्व. श्री सालिग्राम जी कुलश्रेष्ठ जो चार भाषाओं (हिंदी,उर्दू,ब्रज,अंग्रेजी) में काव्य रचना में पारंगत थे उनको समर्पित करती हूं।

छंद

सभी कल्पनाएं सो जाती
साथ स्वप्न जगा करते हैं
विह्वल कर देते मन लोचन
फिर भी सगे लगा करते हैं
तुमने दरस दिखाकर अब तो
पूनम को साकार किया।।

कौशल्या अश्रुघन

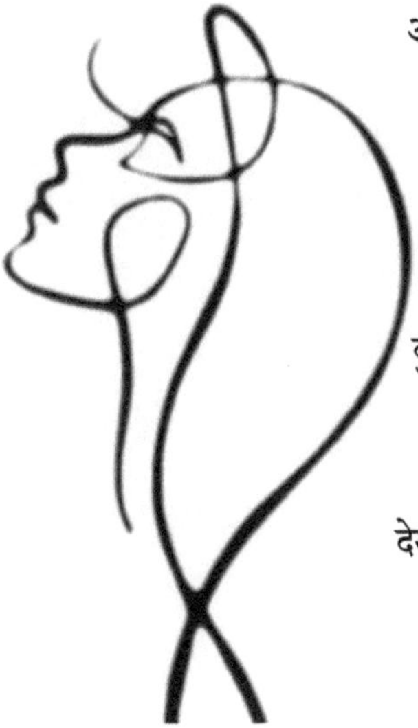

सब धूमिल दिख रहा है, कौन सी यह धुंध है,
विरह वेदना के जाप से, मुस्कान हुई कुंद है
विषाद वसंत छा गया, चौखट द्वारों पर कहर,
अश्रु जल से व्रत तोड़ती, संग रानियां हर प्रहर।
लखन निद्रा त्याग से, रहा ऋणी आर्यकुल
वरण निद्रा से सुप्त रहे, उर्मी हृदय शूल
उर्मी का तन मन जी रहा, नीरव विरह विकल
प्रण से प्रणय की हुई, और भी गिरह अटल।
कुटिया दीप ही सूर्य उसका चांद भी सांझ का
बाती बन जल रही काजल लगाए आस का
मौन मांडवी तके रास्ता भरत नंदीग्राम का।
देख बरबस उमड़ उठा कौशल्या घन अश्रु का।
रुख हुआ पैरों का जो कक्ष कैकई ओर
ठिठके कदम हुई आद्र, कौशल्या चक्षु पोर
थामे श्रुतकीर्ति, मां सुमित्रा आंचल कोर
पुत्रवधू है अचल, थामे सुत कीर्ति डोर।
वरदान से शापित हुई, रज रज इस महल की
श्याम वर्णा हो गई, सज धज इस महल की
अश्रु जल में कलरव करती, यादें बीते कल की
कौनसा मैं जाप करूं, लौट आए मुस्कान सबकी।।

मेरी कलम से......

आदि कवि वाल्मीकि जी ने रामायण की रचना की जो हिंदू धर्म के ललाट पर तिलक की भांति शोभायमान है। श्री राम को जीवन मूल्यों की दृष्टि से अनुकरणीय बताया गया है पूजनीय वर्णित किया गया है। मैंने जितना भी रामायण को जाना सदैव एक उत्सुकता रही कि इसमें कुछ पात्र उर्मिला, मांडवी, श्रुतकीर्ति कौशल्या और सुमित्रा माता का उल्लेख बहुत कम है। रामायण के इन पात्रों की वेदना और अंतर्मन द्वंद की प्रतिध्वनि चार दिवारी में ही रही किसी ने वर्णित नहीं किया। उर्मिला जी के विरह वेदना का वर्णन तो हमें फिर भी पढ़ने को मिल जाता है पर मांडवी श्रुतकीर्ति, कौशल्या माता, सुमित्रा माता और कैकई माता के मनोभावों का मुझे कहीं वर्णन नहीं मिला। जब महल के पुरुष प्रण निर्वाह के लिए तापसी जीवन को अपनाते हैं तो उनकी माता और पत्नियों पर क्या बीता होगा? क्या उन्होंने इस कठिन समय को मौन रहकर व्यतीत किया होगा या अपनी पीड़ा को आपस में साझा किया होगा? क्योंकि वह रानियां थी। इस तरह के कई प्रश्न मेरे मन में बहुत समय तक रहे और यही प्रश्न इस पुस्तक का आधार भी बने।

मेरा लेखन अधिकांशतः उन स्त्रियों पर केंद्रित होता है जिनका प्रत्यक्ष परोक्ष रूप से इतिहास में योगदान रहा परंतु पन्नों पर उकेरी गई पंक्तियों में उनको वर्णित नहीं किया गया।

मानवीय संवेदनाएं हर प्राणी में विद्यमान होती है संवेदनाओं को दर्शाना या ना दर्शाना परिस्थितियों और प्रत्येक व्यक्ति के मानसिक स्तर के अनुरुप होता है।

कौशल्या माता रघुकुल का एक दृढ़ स्तंभ थी।महल में राजमहिषी होने के कारण कौशल्या माता ने धर्म परायण व्यवहार और नीति से किस प्रकार महल की स्त्रियों की पीड़ा पर ममता का लेप लगाया और उन्हें अपने आंचल में कैसे सहेजा होगा ? ऐसे कितने ही प्रश्न मेरे मन में कई बार उठे और इसीलिए इस विषय को मैंने अपनी प्रथम पुस्तक का विषय बनाया। कल्पना की स्याही से महल की वियोगीनी स्त्रियों के स्वाभाविक अंतरद्वंदऔर पीड़ा को मैंने इस पुस्तक मैं दर्शाने की चेष्टा की है। मेरी यह कल्पना उतनी ही यथार्थ है जितनी हम सब की भूमिका अपने परिवारों में। अपने परिवार में हम एक दूसरे का सुख दुख जिस प्रकार से साझा करते हैं ठीक उसी प्रकार मैंने अपनी पुस्तक में पात्रों के स्वाभाविक व्यवहार और वार्तालाप को उकेरा है।

आभार डॉ.नेहा कुलश्रेष्ठ

M.A. (संस्कृत, अर्थशास्त्र) B.ed., Phed. (संस्कृत)

इंटर कॉलेज सेवानिवृत्त प्रवक्ता, उप प्रधानाचार्य

१

मैं अयोध्या नगरी की राजसी महल की वो अभागी भित्तियां हूं जिन्होंने नन्हें युवराजों की अठखेलियों की जगह उदासी पूर्ण सूनापन, महल को स्वर्णिम आभा से दमकाती नववधूओ की पायल की झंकार और हंसी ठिठोली के स्थान पर उनके अश्रूधार और वर्णहीन जीवन का मूक क्रंदन सुना है। अभागे राजा की मस्तक रेखाओं को पुत्र वियोग की पीड़ा से घिरा देखा है। माताओं की नेत्र कांति को पुत्रों पर न्यौछावर होते कम, उनकी विरह में उस कांति को धुंधला होते अधिक देखा है।

इस महल की नींव रघुकुल वंशी कर्म और वचन युक्त धर्म से स्थापित हुई है। वह दरारें जो कभी भित्तियों में दिखाई ही नहीं दी, महल में रानियो के बुलंद हौसलों से भरी रही। वह दरारें मुझ भित्ती पर होती तो गारे से भर दी जाती परंतु वह दरारें थी महल के उन स्त्रियों के अस्तित्व पर जिन्होंने मौन, निशब्द उस अंतराल को योगिनियों की तरह व्यतीत किया। समस्त आर्य कुल के भाल पर सदैव के लिए अपने पतियों के चुने मार्ग पर साथ देकर धर्म परायणता का तिलक किया। महल के युवराजो ने भ्रातृ प्रेम की ऐसी मिसाल रखी जिसे आज तक कोई लांघ नहीं पाया।

इतिहास गौरवान्वित हुआ ऐसे आर्य पुत्रों के धरती पर अवतरण से। एक तरफ प्रभु राम ने राजपाट त्याग कर वनवास स्वीकार किया माता-पिता के आज्ञाकारी रघुवंशी पुत्र की तरह। दूसरी तरफ लक्ष्मण भरत, शत्रुघ्न ने भी तापसी जीवन व्यतीत करने का निर्णय लिया। इतिहास

सौभाग्यशाली था हमारा जहां हमें ऐसे चार भाइयों का प्रेम अनंत काल तक उदाहरण स्वरूप प्राप्त हुआ।

महाराज दशरथ ने माता कैकई को दिए वचन अपने प्राणों को त्याग कर निभाए, वे रघुवंशी कहलाए। राम ने माता-पिता की आज्ञा स्वीकार की और रघुवंशी कहलाए। लक्ष्मण ने भ्रातृ सेवा में मन, वचन, कर्म से प्रभु राम का साथ दिया वे भी रघुवंशी कहलाए। युवराज भरत ने राज्य, वैभव को त्याग कर तापसी जीवन का चुनाव किया क्योंकि वह रघुवंशी थे।चारों भाइयों ने जीवन के अथाह कष्ट को नियति समझकर धारण किया वचन निर्वहन के दौरान। ये उनका अपना निर्णय था जो इतिहास के लिए मिसाल और उनकी पत्नियों के लिए चिरकालीन प्रतीक्षा रहा।

२

राजमहल में मुरदनी सी छाई है। राम, लक्ष्मण और सीता के वनवास गमन और महाराज के प्रयाण पश्चात राजमहल मात्र सेविका गृह बनकर रह गया है। जहां रानीयों का ध्यान रखने हेतु सेवक सेविकाएं तो हैं पर बुझे हुए मन को जीवंत करने के लिए कोई उम्मीद नहीं है, कोई वाक्य नहीं है। सब कुछ मृतप्राय: प्रतीत होता है। ऐसा लगता है जैसे अब कभी महल की देहरी पर पुत्र वधुओं की पायल नहीं छनकेगी बगीचों में रानियां और पुत्रवधू की हंसी ठिठोली (बीते वक्त की) मुंह चिढ़ा रही है।

कौशल्या मां बगीचे, महल के पग पग पर निर्जनता देख व्यथित हो रही है। हृदय को कटु सत्य अस्वीकार्य है। वृक्षों पंछियों का चंचल कलरव भी ध्वनि शून्य प्रतीत हो रहा है। अंतर मन का कोलाहल इतना तीव्र है मानो मस्तिष्क और कर्ण पीड़ा से वेदित हो उठे हों। कौशल्या मां मन समझा नहीं पा रही कि वह कैसे स्त्री देह को त्याग, राजमाता देह को ओढ़े और महल में मौन वियोगिनियो की ओर मन एकाग्र करें।

रानी से पटरानी और पटरानी से राजमाता के पद तक की यात्रा ने कौशल्या मां को धर्म परायणता से इतना परिपूर्ण कर दिया था की माता हर स्थिति में महलवासी की हर संवेगात्मक विचारात्मक उथल-पुथल को शांत करने में सक्षम थी परंतु वह भी स्त्री थी आज दर्पण में यही स्त्री स्वयं को देख सवाल करती फिर स्वत: अपने जवाब से आश्वस्त हो जाती। इन जड़ नेत्रों और निर्जीव काया को वह किस तरह संभाले और महल की उन छायाओं को सहारा दे जो पति विहीना है।

महल के इन भित्तियों की बुनियाद उस समय महाराज के अवसाद से विचलित हो गई थी। जब कैकई माता को वरदान देने के पश्चात महाराज निरंतर अस्वस्थ ही रहे।ग्लानि रोग हर रोग से बड़ा होता है यह महाराज की मृत्यु ने सिद्ध कर दिया था। राजमाता कौशल्या का स्वभाव बिल्कुल जल के समान निर्मल और सरल था। जिस प्रकार जल बर्तन के अनुरूप स्वयं को ढाल लेता है ठीक उसी प्रकार काल ने जो भी सौगात दी कौशल्या माता ने सब सहर्ष स्वीकार की और स्वयं को समय के अनुरूप कर लिया, बिल्कुल जल की तरह 'सरल' और मन की 'निर्मल'।

मन के विचारों की उथल-पुथल को सहस्रो बार मंथन के उपरांत ही सरलता प्राप्त होती है क्योंकि आने वाला काल राजमाता के लिए ऐसे ही ना जाने कितने अकस्मात लाने वाला था राजमाता की 'सरलता' की परीक्षा हेतु।

इस महल के भाग्य को "अकस्मात" नामक शाब्दिक घटना ने सदैव घेरे रखा। युवराज राम के राजतिलक उत्सव में कैकई माता के वरदान ने "अकस्मात" ही वज्रपात कर महल को उदासीन कर दिया था।

ठीक ऐसे ही "अकस्मात" ही मेरी हर भित्ति का एक-एक हिस्सा उस समय चौगुना दमक उठा,जब महाराज दशरथ मिथिला से एक नहीं चार ..चार पुत्र वधुओं की डोलियां अयोध्या में लाए थे।

मार्ग से लेकर महल तक सारे पथ प्रकाश पुंज से दीप्तिमान थे। नगर वासी अपने युवराज, नव ब्याहताओं और महाराजा दशरथ की जय जयकार कर रहे थे ।महल के प्रथम प्रवेशद्वार से प्रवेश करके बारात अंदर आ चुकी थी। सेविकाएं प्रकाश पुंज लिए स्वागतोत्सुक तत्पर थीं। मंगल गीतों के स्वर से महल का कोना-कोना गुंजायमान था । मेरा सिर्फ गारे चूने से ही नहीं माताओं के खिलखिलाते चेहरों के रंग से पोर-पोर दमक उठा

था। और दमकता भी क्यों नहीं? एक नहीं चार-चार वधुओं की डोलियां आई थी और वह भी... "अकस्मात"

महाराज के साथ चारों माताएं वधुओं को लेने आगे बढ़ी तो चार डोलियां देखकर अचंभित रह गई। माताएं हो या सेविकायें सभी संशय में थे।

युवराज राम के क्या चार विवाह हुए हैं?

माताएं संशय और हर्ष से अतिरेक वधुओं की मंगलाचार हेतु दिव्यपूंज लिए आगे बढ़ी। महर्षि वशिष्ठ ने सेविकाओं को आदेश दिया कि चारों वधुओं को डोली से उतार ले। चारों वधुओं की पायल की रुनझुन और चेहरे की आभा से महल की चौखट वैसे ही दमक उठी जैसे गोधूलि बेला में सूर्य देव अपनी प्रस्फुटित किरणों से आकाश को स्वर्णिम कर देते हैं।

एक साथ चार-चार पुत्र वधू के आगमन! अयोध्या में तो किसी को इसका भान ही नहीं था। सब के हृदय में संशय चरम पर था। महर्षि वशिष्ठ के आदेश पर जब युवराज राम के साथ सीता, युवराज लक्ष्मण के साथ उर्मिला और युवराज भरत के साथ मांडवी तथा युवराज शत्रुघ्न के साथ श्रुतकीर्ति को खड़े होने का आदेश दिया तब सब का संशय जाता रहा। तीनों माताओं ने नववधुओं की आरती उतार कर स्वागत किया।

आज कौशल्या माता के स्मृति पटल पर एक के बाद एक बीता समय स्मृति बन उभर रहा था। स्वयं को आईने में देखकर कौशल्या मां को अपना हृदय रिक्तता का सागर लग रहा था लगे भी क्यों ना? हाथ हो, महल हो या आशाएं हो सभी में रिक्तता का विप्लव था। इस रिक्तता में ही वह स्वयं को सहजने का प्रयास कर रही थी।

३

जब भी राजमाता असमंजस या व्यथित होती हैं तो सदैव अपने दर्पण के समक्ष खड़े होकर मन को एकाग्र करती है। अपने कक्ष की हर सजावट महाराज के वह आभूषण जो प्रतिदिन स्वयं उन्हें पहनाती थी वह बस अब छूकर ही मन भरने का प्रयास कर रही है।

दीदी.... दीदी (अचानक तंद्रा भंग हुई)

आओ सुमित्रा.. बैठो बहन

(दोनों राजरानियां एक दूसरे को देखकर ही स्वत: संभल रही है।)

...कहो सुमित्रा!

कुछ नहीं दीदी.. बस आपकी याद आई तो मन व्याकुल हो उठा।

(सखी को देख कौशल्या माता के होठों पर फीकी मुस्कान उभर आई)

आपको तो ज्ञात है जब मेरा मन व्यथित होता है तो आपसे मिलना मेरे लिए कितना आवश्यक होता है।

हां सुमित्रा.... तुम ही नहीं हम सब व्यथित है इस समय

यह कैसा काल है दीदी ...जो हम सबकी मुस्कुराहट लील गया। महाराज के अकस्मात प्रयाण से सब कुछ अवरुद्ध हो गया। महल का कोना-कोना हर्ष उल्लास, वैभव से कैसा दमक रहा था, पुत्र वधुओं ने

अभी सुख वैभव की झलक तक नहीं देखी थी, सभी कुछ श्याम वर्ण हो गया।

दुखी मत हो सुमित्रा.. कालचक्र है ये ....भाग्य के पन्नों पर उकेरी हुई हर पंक्ति को व्यक्ति को सजीव करना ही पड़ता है फिर नियति ने हर्ष उकेरा हो या विषाद।

और बहन कब, कौन सा ज्ञान आपका शत्रु बन जाए कौन जानता है?

ज्ञान और शत्रु.... यह पहेली समझ से परे है दीदी ? तनिक स्मरण करो सुमित्रा एक बार आखेट से लौटने के पश्चात महाराज कितने दुखी और ग्लानि पूर्ण थे जबकि वे आखेट के पश्चात सदैव प्रसन्नचित होकर पूरा आखेट विवरण विस्तार से हमें सुनाते थे।

हां दीदी ....स्मरण हुआ उसके बाद बहुत दिनों तक वे संभाल नहीं पाए थे स्वयं को,अस्वस्थ रहे थे। जब हृदय में ग्लानि हो तो कैसे कोई प्रसन्न हो सकता है?

सही कहा.. सुमित्रा।

महाराज शब्दभेदी बाण चलाने की कला में पारंगत थे उस दिन आखेट में उन्होंने तालाब के झुरमुट में जल पीते हुए जानवर पर तीर चलाया था पर वह जानवर नहीं श्रवण नामक बालक था जो अपने नेत्रहीन माता-पिता को तीर्थ हेतु काँवड़ मे बिठाकर ले जा रहा था और अपने प्यासे माता-पिता के लिए जल लेने गया था। जब झुरमुट से बालक की आवाज सुनी तो महाराज स्तब्ध रह गए और जब वे नेत्रहीन माता-पिता के पास घायल श्रवण को लेकर पहुंचे तो उसने पिताजी की गोद में दम

तोड़ दिया ।तभी नेत्रहीन माता-पिता ने महाराज को श्राप दिया था कि उनकी मृत्यु पुत्र वियोग में ही होगी।

अनभिज्ञता में ही सही पर अपराध तो अक्षम्य हो चुका था महाराज से। नेत्रहीन मां-बाप की लाठी सुकुमार श्रवण को असमय ही शब्द भेदी बाण कला की भेंट चढ़ना पड़ा था।

हां दीदी... किसी भी निरीह प्राणी की आत्मा से निकला हुआ अभिशाप कभी व्यर्थ नहीं जाता और देखिए ना श्राप कितना प्रभावी था की संपूर्ण रघुकुल की शांति भंग हो गई। यही एकमात्र कारण है कि हमारे महल में वियोग और विरह ही शेष है।

(अश्रु भरे नेत्रों से) दीदी अमावस्या से पूर्णिमा आने में कुछ दिवस लगते हैं परंतु अयोध्या की अमावस्या तो प्रतीत होता है समाप्त ही नहीं होगी। नही बहन... ऐसा बिल्कुल भी नहीं बुरा समय भी व्यतीत हो जाएगा बुरे काल के बाद ही उत्तम काल आता है यह अवश्य ध्यान रखना बहन.. धैर्य रखो ! उत्तम काल की किरणें प्रस्फुटित अवश्य होगी और अयोध्या में पूर्णिमा जरूर होगी। ना जाने कहां से आप इतना साहस लाती हैं? मुझ में तो साहस शेष नहीं अब । ऐसा प्रतीत होता है .. मानो किसी के श्राप से सारे रंग धूमिल हो गए हो। शेष है तो सिर्फ व्यथित हृदय और प्रतीक्षारत हमारी नवब्याहता वधुएं।

उचित कहा तुमने हमें अपना संपूर्ण साहस बटोर कर हमारी वधुओं की ओर ध्यान देना चाहिए। वधुओं की मन:स्थिति उरविदारक.... है सुमित्रा।

दोनों रानियां एक दूसरे को सांत्वना देकर मनोबल बढ़ाने का प्रयास न जाने कितनी देर तक करती रही।

४

रानी श्रुतकीर्ति जो अत्यंत शांत और सौम्य स्वभाव की थी महल के हर व्यक्ति की पीड़ा से व्यथित थीं कदाचित उनके चेहरे की उदासी में कक्ष की दीवारों की दीप्ति भी गुम हो चुकी थी। ऐसे में बड़ी बहन मांडवी ने श्रुतकीर्ति के उदासकक्ष में प्रवेश करते हुए देखा श्रुतकीर्ति की सूनी आंखों में भावी संभावनाओं के ज्वार स्पष्ट दिखाई दे रहे थे। अनायास मांडवी की ममता छोटी बहन पर उमड़ पड़ी।

बस करो .. बहन अथाह भावनाओं के सागर में इस तरह मंथन ना करो, आने वाले समय के प्रति आशावान रहो । सत्य कहा दीदी आपने.... परंतु हमारी माताओ के बारे में सोच कर हृदय व्यथित हो जाता है। स्त्री दुख में ही पति या संतान का साथ चाहती है पति और संतान ही एक स्त्री जीवन का मूल आधार है जिससे वह मानसिक रूप से सबल अनुभव करती है हमारी माताएं कितनी अकेली हो गई हैं अपने व्यथित हृदय को कैसे सहेजती होगी। बहन... उन्हें तो यह अंधेरा चिरकालीन प्रतीत होता होगा।

बस अब.. स्वामी ज्येष्ठ श्री राम को मना कर शीघ्र अयोध्या ले आए।

देखना दीदी सब सही हो जाएगा।

हां आशावादी होना ही उचित है बहन। उर्मिला दीदी को देखो जो कभी किरणों की भांति चंचल थी। आज उस दीपशिखा की भांति दिखती हैं जिसमें आशा का ईंधन भी न जाने कब समाप्त हो जाए। हृदय विचलित

हो जाता है उन्हें देखकर। प्रभु से एक ही प्रार्थना है कि उनकी आशा को सदैव बनाए रखें।

(अचानक ही श्रुति कीर्ति का बहन मांडवी की वेशभूषा पर ध्यान केंद्रित हुआ)

पर आप ऐसे साधारण वेश में कहां प्रस्थान करने को तत्पर है? आपके आभूषण और राजसी वस्त्र?

साधारण वस्त्रों का कारण कोई व्रत या पूजन तो नहीं..?

नहीं बहन... साधारण वेश का कारण एक तापसी ही है।

(श्रुतकीर्ति अचंभे से देखती हुई.)

भ्राता राम और लक्ष्मण के प्रस्थान पश्चात सबसे व्यथित उर्मिला दीदी ही महल में एकांतवासी हैं.. एक वियोगिनी है जिन्हें चौदह वर्षों का अनंत प्रतीक्षा काल प्राप्त हुआ है और वह इस काल को एक तापसी की भांति ही व्यतीत कर रही हैं। जिससे भ्राता लक्ष्मण के कर्म पथ पर, निद्रा किसी प्रकार की समस्या ना बने। इसीलिए हमें भी सांसारिक बनकर नहीं साधारण वस्त्रों में भेंट करनी चाहिए।

उत्तम विचार है दीदी...उचित कहा आपने।

५

दोनों बहने कक्ष में प्रविष्ट हुई तो देखा सांझ की धूमिलता की भांति कक्ष में कहीं प्रकाश... कहीं अंधेरा है।सेवक सेविकाएं उर्मिला को आतुरता से देख रहे हैं की देवी कुछ तो आदेश करें जिससे प्रतीत हो देह मे प्राण शेष है।

कक्ष पहचान में नहीं आ रहा था।जिसके कक्ष में प्रवेश करते ही एक ऊर्जा का अनुभव होता था और जिससे बात करके मस्तिष्क जीवंत विचारों से तरंगित हो जाता था आज उसके कक्ष में प्रवेश करते ही लगा पूरी जीवंतता भ्राता लक्ष्मण के साथ चली गई हो जैसे ।

बात बात पर उतावली होने वाली अग्रजा मूकदर्शक बन गई है । संभवत: आने वाले समय के लिए अपने आप को तैयार कर रही है।

हृदय और मस्तिष्क अभी नियति के निर्णय को स्वीकार नहीं कर पाए है।

दीदी !...मांडवी के स्नेहिल स्पर्श से यकायक उर्मिला की तंद्रा भंग हुई। कक्ष में जो कहीं नहीं दिख रही थी अचानक स्वयं को सामान्य दिखाने का प्रयास करते हुए मुड़ी.....

आओ मांडवी.... कहो कैसी हो?

यह कक्ष कितना परिवर्तित हो गया है दीदी ...किसी समय यह कक्ष ऊर्जा का पर्याय हुआ करता था आज कितना ऊर्जाहीन प्रतीत हो रहा है और इसीलिए इस कक्ष में शायद आपको खोजना ही कठिन हो गया है।

(फीकी मुस्कान के साथ)सब समय का फेर है मांडवी....

मैं उत्साहित हृदय से आई थी अपनी अग्रजा से मिलने पर वह बहन तो मुझे कहीं दिखाई नहीं दे रही।

सखी मांडवी को देख सारी व्याकुलता परेशानी पीड़ा के घन उमड़कर बरसने लगे।

वैसे कहते हैं जो गरजते हैं बरसते नहीं पर हृदय की व्याकुलता और पीड़ा की गरज इतनी मूक और विप्लव से पूर्ण होती है कि अपनों के समक्ष अश्रु घन उमड़ उमड़ कर बरसते हैं।

पति गमन के पश्चात आज प्रथम अवसर था जब उर्मी बिलख पड़ी, ना चाहते हुए भी अश्रुओं से मांडवी के कंधे को भिगोए जा रही थी। करे भी क्यों ना ..बचपन की प्रिय सखी थी मांडवी।

दीदी आपने इतनी शीघ्र आशा क्यों छोड़ दी? देखना आपके देवर निश्चय ही भ्राता राम को अयोध्या लेकर आएंगे।बस ससुर महाराज को चिताग्नि को सौंप कर उनका प्रथम ध्येय यही है और वे आशावान है कि भ्राता लक्ष्मण और भ्राता राम को शीघ्र वापस लेकर लौटेंगे।

तुम्हारे चेहरे के भाव ही मुझे बता रहे हैं बहन तुम नाहक ही अति आशावादी हो गई हो,अपनी बहन के लिए।

क्या ? तुम्हें सत्य में लगता है ज्येष्ठ भ्राता राम को भरत का ये प्रस्ताव स्वीकार्य होगा?

हां दीदी! स्वामी जब अपना पक्ष स्पष्ट करेंगे, आशा है भ्राता राम मान जाए। मांडवी... मैंने उन्हें उस समय देखा था जब उन्होंने पिता की आज्ञा पालन हेतु वन गमन सहर्ष स्वीकार कर लिया था।

मुखमंडल की कांति किंचित मात्र भी कम नहीं हुई थी।

पर दीदी ज्येष्ठ राम ने किंचित भी विरोध नहीं किया?

नहीं बहन.... उन्हें तो यह अकस्मात इतना बड़ा परिवर्तन भी शांत और धीर बनाए हुए था जबकि स्वामी ने विरोध का साहस भी किया ज्येष्ठ राम ने उन्हें रोक दिया यह कहकर की माता-पिता की इच्छा के समक्ष कोई तर्क नहीं होता और ना ही कोई विवाद।

स्वामी तो चाहते थे मांडवी.. माता की बाध्यता के कारण पिता के वचन निर्वहन हेतु श्री राम वनवास स्वीकार न करें।

विचार तो उत्तम था दीदी भ्राता का...

नहीं मांडवी ज्येष्ठ राम कैसे मान लेते? रघुकुल की रीति का प्रश्न था पिता ने जो वचन दिए थे वह पूर्ण करना आवश्यक था वरना वंश की रीति.. इतिहास के पन्नों पर बरसों बरस कलुषित ही रहती।

(उदास श्रुति कीर्ति से भी रह ना गया वह भी बोल पड़ी)

न जाने कैसी रीति दीदी जो मृत्यु, विरह, पीड़ा की चिरकालीन सौगात दे गई। यह सौगात श्रुतकीर्ति हमें पूर्ण निष्ठा से निर्वाह करनी है। आर्य भरत शीघ्र ज्येष्ठ राम को मना कर अयोध्या लायेंगे।

आशावादी स्वर में श्रुतकीर्ति चहक उठी....

और फिर देखिएगा हमारी माताओं की चक्षु कांति पुनः लौट आएगी। ज्येष्ठ भरत को कितनी आशीषे देगी वे।

देखिए ना दीदी....हमारी माताएं कितनी अकेली हो गई "अकस्मात" ही।

तीनों बहने ना जाने कितनी देर अपना समय बांटती रही आशा निराशा से भरा एक दिन और अस्त हो गया

६

पिता महाराज को सभी धर्म पूर्ण रीति के साथ अग्नि देव को सौंपने के पश्चात से ही आर्य भरत चित्रकूट कूच की योजना में व्यस्त थे और अब दरबार में महर्षि और सुमंत जी के साथ उस योजना को कार्यान्वित करना था।

आज राज दरबार की भित्तियों पर भातृ प्रेम और नीति का वह आलेख लिखा जाना था जिसकी मिसाल इतिहास में कहीं नहीं मिलेगी संपूर्ण रघुकुल के संस्कार और बुनियाद को इतिहास में आज का दिन स्वर्णिम घोषित करने वाला था

महाराज के बाद दरबार में आज पहला दिन था जब राज सिंहासन बिना राजा के था।

इस कार्य के लिए महर्षि वशिष्ठ ने युवराज को आदेश दिया और कहा..अब अत्यंत महत्वपूर्ण कार्य जो शेष है उसे शीघ्र अति शीघ्र पूर्ण करना है भरत! प्रजा को राजा की सहानुभूति और कौशल की आवश्यकता है अतः खाली सिंहासन को विधिवत तुम्हें संभाल लेना चाहिए।

(युवराज भरत ने करबद्ध होकर निवेदन किया)

...क्षमा करें गुरुदेव !इस राज सिंहासन पर मेरा अधिकार नहीं है।

(महर्षि की मस्तक रेखाओं में तनाव और वाणी में चिंतित स्वर था)

...परंतु युवराज राम के बाद आप ही का अधिकार है इस सिंहासन पर।

युवराज भरत के स्वर में विकलता स्पष्ट दिखाई दे रही थी।

गुरुदेव! पिता महाराज कैकई माता के समक्ष वचन के कारण विवश थे पिता जी ने वचन निभाकर अपना दायित्व पूर्ण किया।

.यह सिंहासन सिर्फ भ्राता राम का है किंचित मात्र भी इस पर मेरा अधिकार नहीं है भ्राता राम के स्थान पर कोई विराजमान नहीं हो सकता। आप शीघ्र ही वन को कूच करने की सामूहिक व्यवस्था करें ।मैं चाहता हूं मंत्री परिषद और माताएं सभी हमारे साथ चले और भ्राता राम से निवेदन करें की अयोध्या का सिंहासन और प्रजा को उनकी इस समय अत्यंत आवश्यकता है ।

महर्षि सुमंत से मंत्रणा के पश्चात बोले ....भरत!राम तुम्हारे लिए ही राज्य वैभव छोड़कर गए हैं और महाराज के वचनानुसार तुम्हें राज्य संभाल कर वचन निर्वहन करना है।

गुरुदेव ...वचन निर्वहन तो हो गया। पिता महाराज ने युद्ध में माता कैकई को जो वचन दिए माता ने मेरे लिए राजगद्दी और भाई राम के लिए चौदह वर्ष का वनवास मांगा । पिता महाराज ने वह वचन कर्म से ही नहीं अपने प्राणों को देकर पूर्ण किए और रघुकुल की रीति को कलुषित नहीं होने दिया।

...रही राज्य संचालन की बात जो आप लोग मुझे सौंपना चाहते हैं वह पूर्णतया अनीति पूर्ण है।

दरबार में वार्तालाप चरम पर था और अनीति सुनते ही सुमंत बोल पड़े...

अनीति पूर्ण! भरत यह तुम कैसे कह सकते हो?

महाराजा दशरथ के दरबार में कोई भी नियम अनीति पूर्ण नहीं है।

गुरुदेव! एक बार पुनः विचार करें आप ... भ्राता राम को युवराज पद देने का निर्णय पिताजी का था और यही मंत्री परिषद का भी निर्णय था ।मंत्री परिषद आज भी भ्राता राम को सर्व सम्मति से युवराज पद हेतु योग्य मानती है नियमानुसार जब तक ज्येष्ठ पुत्र को अयोग्य घोषित नहीं किया जाए तब तक अन्य विकल्प विचारणीय नहीं हो सकता ।भले ही यह कुत्सित प्रयास कुल के किसी व्यक्ति का ही क्यों ना हो?

कोई भी राज्य सदैव सर्वसम्मति और समूह निर्णय से संचालित होता है किसी व्यक्तिगत निर्णय के प्रभाव में नहीं आता। रानी केकई का निर्णय व्यक्तिगत है अतः वह निर्णय अमान्य है।

निर्णय वही मान्य होना चाहिए गुरुदेव जो इस सभा में महाराज की उपस्थिति में लिया गया था और इस समय आप सब का नैतिक कर्तव्य है कि सभा के निर्णय को क्रियान्वित किया जाए श्रीराम को बाध्य किया जाए राज्य संचालन हेतु।

युवराज भरत ने आज दरबार में जो पक्ष रखा उसके सम्मुख सभी को चुप रहना पड़ा।

गुरुवर... कल प्रातः हम सेना दल और माताओ के साथ चित्रकूट प्रस्थान करेंगे सारी व्यवस्थाएं शीघ्र कराएं । युवराज भरत की नीति पूर्ण बातें सुनकर महर्षि एक तरफ आश्वस्त थे तो दूसरी तरफ उनके मुख पर चिंता रेखाएं उभर आई थी।

७

(चित्रकूट से लौट के पश्चात दोनों माताएं जब तब चित्रकूट में हुए वार्तालाप को दोहराती रहती थी और अपने मन को समझाती रहती थी।)

आज सखी सुमित्रा केसाथ जब से कौशल्या माता प्रातः पूजन पश्चात कक्ष में आई हैं तब से वह तनिक चिंतित और दुखी दिख रही है। आज उन्हें बार-बार वह दिन याद आ रहा था जब वह पुत्र राम से मिलने महाराज की मृत्यु के पश्चात चित्रकूट गई थी।प्रतिदिन की भांति महाराज के राजमुकुट पर पुष्प अर्पित किए और मुकुट को हल्के से स्पर्श कर अपनी सूनी आंखों से राजमुकुट को एक टक देख रही थी। रानी सुमित्रा ने मुख पर विषाद देख कौशल्या माता का ध्यान हटाना चाहा ।

.... क्या राजमाता इस मुकुट के भविष्य हेतु चिंतित है?

हां सुमित्रा सही पहचाना ....

न जाने कब इस श्रीहीन अयोध्या को उसका राजा मिलेगा?

राजा नहीं है पर एक त्यागी नीति पूर्ण और पिता तुल्य संरक्षक हमारी अयोध्या के पास है... दीदी।महाराज की भांति युवराज भरत भी अयोध्या को उतना ही दुलार देंगे ।

हां बहन! मेरा हृदय पूर्णतया भरत की ओर से आश्वस्त है।

वह तो भरत का मन रखने के लिए हम चित्रकूट गए थे वरना मुझे ज्ञात था पुत्र राम कभी नहीं मानेंगे परंतु भरत के ग्लानि भाव से अतिरेक स्वभाव को देखकर शांत रहना ही मैंने उस समय उचित समझा था।

हां दीदी...भरत के व्यक्तित्व में कुछ ना कर पाने की विवशता हर क्षण दिखती थी जब व्यक्ति स्वयं स्थिति को निर्देशित करता है तभी वह मन से संतुष्ट हो पाता है।

स्मरण करें ..आप

चित्रकूट पहुंचकर जब पुत्र भरत ने राम से अपना पक्ष स्पष्ट किया था और अनुरोध किया था कि अयोध्या की राजगद्दी सिर्फ उन की है उन्हें राज्य संचालन में किंचित मात्र रुचि नहीं है।परंतु राम ने स्पष्ट इनकार कर दिया था और कहा था कि पिता श्री की आज्ञा का पालन करते हुए चौदह वर्ष वन में ही वास करेंगे यह सुनकर पुत्रभरत निराश हुए थे औरअंतिम प्रयास की शरण लेते हुए बोले थे यदि माता केकई आपसे बोले तो भी नहीं चलेंगे।

...हां दीदी ऐसा लग रहा था मानो वह कैकई माता के नाम की घूस दे रहे हो आज भी पुत्र राम के वह शब्द मेरे कानों में गूंजते हैं उन्होंने कितने स्नेह से छोटे भाई से कहा था

..."नहीं भरत, मेरी बाध्यता को ग्लानि में परिवर्तित मत करो माता की अनुज्ञा से मन विचलित होता है। कर्म पथ पर भावनाओं के प्रस्तर मत बिछाओ मेरे भाई "।

निवेदन के समय पुत्र भरत मुझे उस बच्चे के समान लग रहे थे सुमित्रा....... जो थाली में चांद को करीब समझ मुट्ठी में लेना चाहता हो

हां पर चांद कब जमीन पर आया है दीदी ...

पर पुत्र भरत का प्रण ...प्रेम और धर्म की चरम सीमा थी दीदी जिससे प्रेरित हो अपने भाइयों की तरह ही तापसी जीवन व्यतीत करने का निर्णय लिया। उस समय भरत के प्रण को सुनकर मैं धन्य हो गई थी।

दोनो सखियां आपस में वार्तालाप कर न जाने कितनी देर तक चित्र कूट भेंट को दोहराती रही और अपने शब्दों से मुझ पर इतिहास उकेरती रही।

८

आज मांडवी और श्रुतकीर्ति की प्रतीक्षा को संभवत विराम लगना था इसीलिए दोनों रानियां के कदम आज हवा में और हृदय द्वारपाल की ओर केंद्रित थे। न जाने कब द्वारपाल आर्य के पहुंचने का संदेश दे दे।

भरत के लौटने का संदेश मिलते ही राज महल की चौखट सहित मांडवी और श्रुतकीर्ति उत्साहित थी। मानों आर्य पुत्र सुख के क्षणों को लेकर आ रहे हों।

युवराज और माताओ की अगुवाई हेतु मांडवी और श्रुतकीर्ति शीघ्रता से पहुंची।सजल नेत्रों के साथ युवराज भरत को हाथों से चरण पादुकाएं संभाले देख स्तब्ध रह गई। माताओं का मुख मलिन है। आर्य भरत को देखकर मांडवी स्वयं भ्रम में है राज सिंहासन पर पादुकाएं रखकर भरत ने नमन किया और अपने कक्ष की ओर चल दिए।

कक्ष में संभावित प्रश्नों से घिरी मांडवी समझ नहीं पा रही थी कि वह नारी जो अब तक भरत की अर्धांगिनी की भांति भूमिका निर्वाह कर रही थी अकस्मात आए इस परिवर्तन से उसका हृदय आशंकाओं से क्यों भर गया था? क्यों वह आने वाले कल के बारे में सोच कर भयभीत हो रही थी?

मांडवी का मन सागर की भांति हिलोरे ले रहा था मांडवी को पल भर में ही अपनी समस्त पेशियों में रक्त संचार के स्थान पर प्रश्नों का संचरण प्रतीत होने लगा।

स्वामी ने उचित ही कहा ....भार्या का धर्म पति के साथ कर्तव्य निर्वहन में है। जिस प्रकार ज्येष्ठ भ्राता राम ने पिता वचन को तुरंत स्वीकार किया, अग्रजा सीता ने वन गमन स्वीकार कर धर्म निर्वहन किया भ्राता लक्ष्मण के निर्णय पर बहन उर्मिला ने निद्रा वरण कर पत्नी धर्म निभाया

फिर मैं कैसेअछूती रहती और फिर यह स्वाभाविक है कि जब धर्म की ज्वाला में कर्म की आहुति दी जाती है तब कर्म कुंड बनाम देह धर्म से अभिभूत हो कोई भी तपस्या सरलता से संपन्न कर लेती है । और यह तपस्या ही व्यक्ति को स्वर्णिम प्रतिफल प्रदान करती है। आज महल की हर स्त्री ऐसे ही समय के सम्मुख खड़ी है जहां धर्म ही उसका एकमात्र जीवन और सहारा है।

९

ऐसा प्रतीत होता है इस कक्ष की भित्तीयों पर कोई खास लेप चढ़ा है क्योंकि इन भित्तियों ने मांडवी भरत के वार्तालाप की असीमित पीड़ा और द्वंद्व को अपने अंदर समाहित किया है

चित्रकूट से लौटने के पश्चात मांडवी की नजर जब भरत पर जाती है तो वह पाती है वे अयोध्या के बारे में ही विचाराधीन है उन्हें सिर्फ यही चिंता है कि वह कैसे अयोध्या की मृतदेह में जीवन संचारित कर पाएंगे?

स्वामी.. आप किंचित मात्र व्यथित न हो। पिता महाराज के रक्त में ही कुशल शासक का रंग है आप निश्चय ही अपनी अयोध्या में उत्साह और जीवन का संचार करेंगे।

मेरा मन बहुत ही व्याकुल है यह जानने के लिए आपने ज्येष्ठ राम से क्या निवेदन किया?

.... और उन्होंने आपका निवेदन क्यों अस्वीकार किया?

सब कुछ व्यर्थ रहा मांडवी भैया राम ने स्पष्ट कह दिया चौदह वर्ष वनवासी जीवन व्यतीत करके ही वह अयोध्या लौटेंगे वह पिता श्री की आज्ञा की अवहेलना नहीं करेंगे।

मैंने तो उन्हें मंत्री परिषद के निर्णय और उत्तराधिकारी नीति के बारे में भी लेकर निवेदन किया परंतु उनका निर्णय अटल था और उन्होंने दृढ़ शब्दों में कह दिया कि वे किसी भी मूल्य पर पिता महाराज की अवज्ञा करके उनकी अस्मिता को कलुषित नहीं होने देंगे।

....भैया के इस कथन के पश्चात मेरे पास कोई शब्द कोई कारण शेष नहीं था मांडवी ...कि मैं उनसे एक बार फिर से कुछ निवेदन कर पाता।

परंतु आर्य गुरुवर और माताओं ने भी तो कुछ प्रयास किया होगा?

गुरुवर तो शायद एक युवराज भरत के आदेश का पालन करते हुए मेरे साथ चित्रकूट गए थे परिणाम तो उन्हें कदाचित पता ही था कि यही होना है परंतु कैकई माता ने अवश्य प्रयास किया था

कैकई माता ने भी कुछ कहा !!

हां ..मांडवी वे स्वयं इतनी ग्लानि और पश्चाताप से भरी हुई थी उन्होंने कहा था पुत्र तुम अयोध्या लौटोगे तो संभवत मेरा ग्लानि भार कम हो जाए।

तब तो निश्चय ही ज्येष्ठ राम असमंजस में पड़े होंगे ?

नहीं मांडवी असमंजस तो उनसे कोसों दूर था उन्होंने माता को भी यह कहकर मौन कर दिया की मां आपके कारण ही मैं राज्य सीमा की समस्याओं और शत्रुओं से अवगत हो पाया हूं ऋषियों का सानिध्य मुझे प्राप्त हुआ है इससे बड़ा मेरे लिए क्या सौभाग्य हो सकता है।

अब तुम ही कहो मांडवी इन शब्दों में क्या निवेदन करते हम उनकी दृढ़ता के समक्ष कुछ भी शेष नहीं रह गया था

हां आर्य.......उनके उत्तर के समक्ष सिर्फ मौन ही शेष रह गया

जब भ्राता राम अयोध्या लौटने के लिए नहीं माने तब मेने भी अपने प्रण को स्पष्ट कर दिया

प्रण!!.. कैसा प्रण स्वामी !

व्याकुल हृदय और विचलित नेत्रों से मांडवी ने युवराज भरत से पूछा

वल्कल वस्त्र धारण कर तापसी जीवन और गृहस्थ जीवन का 14 वर्ष तक त्याग।

त्याग!!

मैं समझ नहीं पा रही हूं स्वामी इस त्याग के साथ आप किस प्रकार कर्तव्य निर्वहन कर पाएंगे ?

कर्तव्यनिर्वहन पूर्ण रूप से सफल होगा..... तुम देखना मांडवी

(असमंजस ने मांडवी को पूरी तरह से घेर लिया था)

स्वामी आपकी तो अयोध्या को इस समय कितनी आवश्यकता है आप कैसे अयोध्या वासियों को छोड़कर जोगी बन सकते हैं? अयोध्या से चले जाएंगे तो फिर अयोध्यावासियों और नगर की व्यवस्थाओं को कौन संचालित करेगा?

सब कुछ होगा आने वाले समय मे पर ...मैं तुम्हारे बिना कुछ नहीं कर पाऊंगा प्रिये !

मैं हर क्षण आपके साथ हूं स्वामी आप बताएं मुझे कि आप किस प्रकार से राज्य संचालन करेंगे?

मैं अपने प्रण हेतु वल्कल वस्त्र धारण कर नंदीग्राम से ही राज्य संचालन करूंगा जो अयोध्या के समीप है और यह चरण पादुकाएं भ्राता राम का प्रतिनिधित्व करेंगी।मेरे निवेदन से ही उन्होंने इस पर अपने चरणों की मोहर लगाई है यह हमेशा मुझे प्रेरित करती रहेगी।

मांडवी !अब यह प्रण तुम्हारा भी धर्म है।

स्वामी यह प्रण तभी मेरा हो गया था जब वन में भ्राता राम के समक्ष आपने लिया था यह प्रण आपका नहीं हमारा है आर्य पुत्र.... आप किंचित संशय ना रखें आपके धर्म पालन में आपकी अर्धांगिनी आत्मा से साथ है।

अगले दिन भरत नंदीग्राम प्रस्थान हेतु तैयार थे।

उपस्थित गुरुवर की मुख मंडल की आभा आशीष से परिपूर्ण थी। माता और गुरुवर ने अपने आशीर्वाद के साथ पुत्र भरत को अयोध्या से विदा किय

१०

मेरे लिएआज का दिन बहुत पीड़ा दायक था माताएं कांतिहीन नेत्रों से जीवन की इस कड़ी को जाते हुए देख रही थी।रानी केकेई अब तक सभी कुछ मूक होकर देख रही थी। उन्हें तो अश्रु बहाने का भी अधिकार नियति ने नहीं दिया था ।वे स्वयं को अभिशप्त स्त्री मान चुकी थी क्योंकि उनके कारण ही महल हो या नगर सब उजाड़ हो चुके थे वह खुद को अपने कक्ष तक सीमित कर चुकी थी रानी केकई नहीं जानती थी की वह महाराज से वरदान नहीं अभिशप्त जीवन मांग रही थी। अब उन्हें "कुमाता " शीर्षक के साथ जीवन व्यतीत करना था।

नियति का खेल इस प्रकार विपरीत दिशा में जाएगा उन्हें इसका अनुमान भी नहीं था।जिस पुत्र राम को देखे बिना उनका दिन व्यतीत नहीं होता था उस पुत्र को उन्होंने वनवास दे दिया था इतनी कुटिलता, निष्ठुरता.. हृदय में कैसे व्याप्त हो गई ?

चित्रकूट में पुत्र राम के हृदय में इतना आदर प्रेम भाव देखकर रानी केकई का ग्लानि भार अत्यधिक बढ़ गया था। पुत्र राम का वन गमन आभार स्मरण कर समझ नहीं पा रही थी कि मस्तिष्क को किस दिशा में केंद्रित करें? पुत्र राम ने कैसे आभार पूर्वक कहा था की मां आपके आदेश के कारण ही मैं अपने राज्य के दुर्गम स्थान और सीमाओं की समस्याओं से अवगत हो रहा हूं इस दौरान मुझे ऋषि मुनियों का सानिध्य प्राप्त हो रहा है निरंतर ज्ञान में वृद्धि हो रही है जो एक राजा के लिए आवश्यक है मां।

पुत्र राम का आभार और भरत का व्यवहार दोनों ही केकेई मानस के लिए प्रश्नवाचक रहा। दोनों के प्रतिकूल व्यवहार पर अचंभित थी।

राजमाता बनने की ख्वाहिश ने पुत्र भरत को उनके प्रति इतना विरक्त कर दिया कि पुत्र को अपनी मां श्राप प्रतीत होने लगी। जिस पुत्र को राजगद्दी पर बैठे देखना चाहती थी उसी पुत्र को अब सन्यासी वेश में कुश आसान पर बैठे देख रही थी। परिस्थितियां इतनी विपरीत दिशा की ओर अग्रसर होगी उन्हें किंचित मात्र भी अनुमान नहीं था। सूने पथ को एक टक देखकर ग्लानि पूर्ण बोध को लेकर वह पुनः अपने कक्ष की ओर चली गई। वह स्त्री जो सबकी नजरों में निकृष्ट थी समझ नहीं पा रही थी जीवन के किस कारण को वह अपने जीने की वजह बनाए या यह निरर्थक जीवन ही समाप्त कर ले।

नहीं ! मृत्यु तो सबसे सरल उपाय है। और जो पाप किया है उस पाप को भुगतने के लिए मृत्यु नहीं मुझे जीवित रहना है। जिस तरह मैंने अयोध्या और महल वासियों के जीवन को मरू समान कर दिया। मुझे यही जीवन जीना है और हर क्षण इस पाप का बोध ही मेरा प्रायश्चित है। हालांकि इस पाप का कोई भी प्रायश्चित नहीं।

११

राजमाता कौशल्या और सुमित्रा मंदिर प्रांगण में विचरण करने लगी तभी सुमित्रा बोली.... समझ नहीं आता दीदी, आज तक वरदान से सदा खुशहाली प्रसन्नता प्राप्त होती देखी थी यह कैसा वरदान था? मुझे तो प्रत्येक दिशा में अंधकार के अतिरिक्त कुछ दिखाई नहीं दे रहा बिन राजा के प्रजा है। न जाने कैसे नगर व्यवस्थाएं पुनः संचालित होगी? नगर की उदासीन ड्योढीयां क्या कभी खुशहाली देख पाएगी?

सुमित्रा व्यर्थ चिंता मत करो ...क्या पुत्र भरत पर तुम्हें विश्वास नहीं भले ही राजा नहीं है नगरवासीयो के पास पर पिता की भांति एक संरक्षक है जो अयोध्या को पुनः जीवन्त करेगा।

हां ...दीदी मगर सब कुछ वह अकेला कैसे कर पाएगा?

महल और नगर दोनों की स्थिति समान है दीदी महल में सब स्त्रियां कुल रीती को संभालते हुए बस काल गति के साथ चल रही हैं जीवन तो मानो स्वप्न में भी मृगमरीचिका मालूम होता है। खुले नेत्रों से बस अंतहीन उदासी और चौदह बरस का एकांतवास दिखता है।

हां सुमित्रा.. हमारा जीवन तो अब इसी श्वेत आभा में व्यतीत होगा ।हमारे रघुकुल की कीर्ति पताका को पुत्रवधुएं बखूबी संभाले हैं पति के प्रण को इस तरह निर्वाह कर रही हैं जैसे उन्होंने 14 बरस के लिए उस प्रण से प्रणय कर लिया हो।

धन्य है हमारी वधुओं के माता-पिता, जिन्होंने अपनी बेटियों को सजने संवरने के अतिरिक्त धर्म, कर्म, रीति, धैर्य का पाठ बखूबी पढ़ाया ही नहीं बल्कि प्राण वायु की भांति संस्कार प्रदान किए हैं।

प्राण वायु! समझी नहीं दीदी...

जिस प्रकार जीवन के लिए अन्न जल से भी अधिक वायु की आवश्यकता होती है यदि वायु ना हो तो व्यक्ति क्षण में मरणासन्न हो जाए उस प्रकार हमारी वधुएं धैयपूर्वक अपने कर्म से पति के धर्म पथ पर अडिग हैं कोई वन में, कोई निद्रासन में तो, कोई महल में एकांतवास में।

बहुत ही सुंदर मिसाल दी आपने। सच धन्य है! जनक और सुनैना जिनके संस्कारवान पुत्रीयो को पा कर रघुकुल भी धन्य हुआ।यह संस्कार ही इन योगिनियों के लिए प्राण वायु है, जो धर्म के रूप में उनके रक्त में ही संचरित है।

१२

समय अपनी गति से चल रहा था। पहली बार मांडवी कक्ष की भित्तियों ने उसके कदमों में अथाह विचलन सुना कदाचित हृदय में उठ रहे प्रश्नों की ही वो व्याकुलता थी जो कदमों को विश्राम नहीं करने दे रही थी जिस प्रकार जल अपने पात्र के अनुरूप आकार ले लेता है उसी प्रकार महल की स्त्रियां भी समय के अनुरूप स्वयं को ढाल रही थी। परंतु मांडवी उमड़ते विचारों से व्यथित थी और ना ही वह स्वयं को समय के अनुरूप ढाल पा रही थी

महल की अटारी से नंदीग्राम तक जाते पथ को देखकर हर बार उसकी व्याकुलता बढ़ जाती थी उसे ये वर्जना तथ्यहीन लग रही थी वह चाहती थी पति के प्रण का अंश बनना। मांडवी के सामने एक ही प्रश्न था कि जो उसे बार-बार कचोटता था। उसके जीवन की सार्थकता? जिस प्रकार अग्रजा सीता वन में, उर्मिला निद्रा वरण द्वारा पति के साथ थी वह तो पति के प्रण में कहीं नहीं थी यही विचार उसकी व्याकुलता को निरंतर बढ़ा रहा था।

बगीचे में निर्मल बयार के साथ चहल कदमी करते हुए उसका मस्तिष्क कुछ सवालों के जवाब ढूंढने में व्यस्त था...

... कितना उत्तम होता कि वह भी तापसी बन पति की सहधर्मिणी बन पाती ?स्त्री को अर्धांगिनी इसलिए कहा है पति का धर्म उसका धर्म होता है वह मन, वचन, कर्म से ही विवाह पश्चात पूर्णतया पति की परछाई स्वरूप होती है

परंतु आर्य भरत ने मुझे इस योग्य नहीं समझा। इस सुविधा संपन्न महल में मेरा कोई स्थान नहीं होना चाहिए जब पति तापसी जीवन व्यतीत कर रहे हैं तो पत्नी कैसे वैभव विलास का भोग करें ? स्वामी ने तो आदेश दे दिया मेरी उपस्थिति से व्रत भंग की संभावना है। लक्ष्य से विचलित हो प्रण भंग हो सकता है।भार्या धर्म के बारे में एक बार तो विचार किया होता इतने संवेदनहीन कैसे हो गए?

अपने समक्ष अकस्मात मां कौशल्या को देख मांडवी स्वयं संभलने लगी।

पुत्री क्या हुआ?... बहुत व्याकुल लग रही हो संभवत एकांतवास ही तुम्हारी व्याकुलता है।

नहीं मां ...एकांतवास नहीं मेरी अस्तित्व की "निरर्थकता" मेरी व्याकुलता का कारण है। स्वामी के प्रण का अंश न बनने के कारण हृदय खिन्न रहता है।

पुत्री !भरत की अर्धांगिनी के अस्तित्व को तुम कैसे निरर्थक कह सकती हो तुमने यह कैसे अनुमान लगाया कि भरत के प्रण में तुम सम्मिलित नहीं हो।

क्या जाते हुए सन्यासी भरत को तुमने नहीं देखा ?वह कितना आश्वस्त और धैर्यवान था। भरत की मुख मंडल की आश्वस्त रेखाओं में तुम्हारी दृढ़ता और सहयोग परिलक्षित हो रहे थे। चित्रकूट से वापस लौटे भरत और तापसी भरत में बहुत अंतर था पुत्री।

परंतु मैंने पत्नी धर्म का निर्वहन कहां किया? आर्य ने मेरे लिए कोई स्थान ही नहीं रखा जिस प्रकार अयोध्या उनका उत्तरदायित्व है, मेरा अधिकार भी तो आर्य का उत्तरदायित्व था।मुझे इस कुटिया में मुट्ठी भर

जगह दे देते उनके दिनचर्या के कार्यों का भाग बनकर अपने जीवन को सार्थक करती मां। ऐसा प्रतीत होता है कदाचित भातृ प्रेम के समक्ष भार्या अधिकार पीछे छूट गया। यह कैसे सोच लिया कि मैं उनका प्रण भंग कर सकती हूं?यह विचार मस्तिष्क में आते ही मैं क्षुब्ध हो जाती हूं।

मुझे भी तो अपना अधिकार मिलना चाहिए मां।

मैं उनके समक्ष नहीं जाऊंगी परंतु मुझे उनकी दिनचर्या के कार्यों में अपना योगदान का अधिकार प्राप्त होना चाहिए। कौशल्या मां को मांडवी की बात उचित लग रही थी उन्होंने निर्णय किया कि वह गुरुवर से इस विषय पर जरूर मंत्रणा करेंगी।

१३

अगले दिन माता कौशल्या सुमंत से विचार विमर्श करना चाहती थी वाटिका में प्रातः चिंतन मनन में व्यस्त थी अचानक उन्होंने देखा कि एक सन्यासिन मंदिर की ओर जा रही है। उत्सुकतावश सेविका को भेज कर साध्वी को फौरन बुलवाया गया गैरूए वस्त्र में उस साध्वी को देख माता हतप्रभ रह गई।मांडवी ..तुम!

... यह वस्त्र... आभूषण राजसी वस्त्र क्यों त्याग दिए पुत्री? माता जब मेरे पति सन्यासी हैं तो मुझे भी राजसी वस्त्र वैभव त्याग देने चाहिए मैं भी चौदह बरस तापसी वेश मे ही व्यतीत करूंगी। माता कौशल्या के नेत्र सजल और स्वर में आद्रता परिलक्षित हो रही थी।

विधाता न जाने क्या-क्या देखना शेष है? इस जीवन में

मां का धैर्य अब जवाब देने लगा था।

नहीं माता !..अपने धैर्य और साहस को अश्रु मे परिवर्तित ना करें ।वरना हम सब कैसे संयमित रह पाएंगे ।हमारा संयम आपके धैर्य और सहिष्णुता के सहारे ही दृढ़ है ।व्याकुल होकर आप यह अनर्थ ना करें मां आपसे मेरी प्रार्थना है।

मांडवी कितना भी कठोर बनू।हूं ...तो मां ! एक के बाद एक विषम परिस्थिति को मैं काल गति मान स्वीकार करती जा रही हूं।राम सीता का वन गमन पति की मृत्यु और उर्मिला का योगिनी की तरह निद्रा वरण ...

मानो समय रुष्ट होकर मुझे न जाने किस अपराध की सजा देने को तत्पर है?

धैर्यवान उर्मी के समक्ष तो मैं जाने का साहस ही नहीं कर पाती उसके समक्ष जाने पर मैं भावुक मन को रोक नहीं पाऊंगी।

तुम और श्रुतकीर्ति ही अपने उपस्थिति से महल की एकांत निरसता को दूर कर सकती हो तुम दोनों को देखकर ही व्याकुलता शांत होती थी पर तुम्हारा यह वेश सहन नहीं हो रहा पुत्री।

मां यह अभिशप्त काल जो हम सबको भोगना है बहुत कठिन है पिता महाराज की मृत्यु आप माताओं को अभी तक व्याकुल किए हैं ।उर्मिला जिसके हृदय को अनंत काल निरंतर भेद रहा है जो धैर्य पूर्वक प्रण अग्निशीखा को दीप्त किए हुए है। ऐसे समय में उल्लास और प्रसन्नता हम सबको कष्ट ही देगी

सही कहा पुत्री ! उल्लास और अभिशाप दोनों विपरीतार्थक हैं तो कैसे एक समय में दोनों की उपस्थिति अर्थपूर्ण अनुभव होगी। जब सुख के क्षणों को हम भरपूर आनंदित होकर जीते हैं तो अभिशप्त काल को भी नियति का निर्णय स्वीकार कर व्यतीत करना होगा क्योंकि हमारे पास काल के अनुरूप ढलने के अलावा कोई विकल्प नहीं है।

मुझे गर्व है तुम पर पुत्री... इस विषम काल में संस्कारों की श्रेष्ठता का परिचय दे रही हो।

अब कौशल्या मां ने ठान लिया था कि अति शीघ्र भरत से भेंट करने नंदीग्राम की ओर रुख करेंगी।

१४

मांडवी की स्थिरता से कौशल्या माता अभिभूत हो स्त्री जीवन की सार्थकता स्वयं में खोजने लगी थी। वास्तव में स्त्री बाल्यकाल से ही पुरुष संरक्षण में होती है पिता या पति का साथ जीवन में नहीं हो तो समाज में वो अस्तित्वहीन मानी जाती है। समाज ने स्त्रियों के लिए आदिकाल से ही पुरुष प्रधान नियमावली प्रदान

की है ।जिसमें स्त्री को प्राय: अन्नपूर्णा, गौरूपा प्राणी से परिभाषित किया जाता रहा है पति राजा है तो वह रानी पति भिक्षु है तो वह भिक्षुका ।नारी पति का अनुसरण अपना धर्म समझ उत्साह पूर्वक करती है।

राजमाता के कक्ष में चहल कदमी करते हुए पूरा घटनाक्रम स्मृति पटल पर उभर आया कि पुत्र विवाह के पश्चात पुत्र वधूओ को देखकर स्वयं को सौभाग्यशालिनी मानती थी कि वह प्रतापी राजा की पटरानी पराक्रमी पुत्रों की मां है। परंतु नियति ने क्षण में स्वप्न को कांच की भांति चकनाचूर कर दिया आज वही पतिहीना, पुत्र विहीना स्त्री महल में समूचे परिवार में मुस्कुराहट हेतु चिंतित है। चिंतित है उस तरंग के लिए जो इस नीरव महल को फिर से उल्लासित कर दे और यह तरंग संभवत भरत भेंट के बाद आंशिक रूप से शायद प्राप्त हो ।भरत भेंट मस्तिष्क में आते ही कौशल्या माता ने सेविका को आदेश देकर सुमंत को बुलवाया।

प्रणाम रानी जी। सुमंत हमें शीघ्र भरत से भेंट करनी है व्यवस्था करवाएं।

जी ....रानी जी।

माता ने शीघ्र ही नंदीग्राम की ओर रुख किया। भरत पूजा संपन्न करके जैसे ही बैठे सेवक ने सूचना दी राजमाता कौशल्या आई हैं वह तत्परता से बाहर आए।

प्रणाम माता ! आज की पूजा आपके आशीर्वाद के साथ संपन्न हुई। अहो भाग्य मेरे !

मेरा आशीर्वाद सदैव तुम्हारे साथ है पुत्र! आज मेरे आने का कारण अन्याय की ओर तुम्हारा ध्यान आकर्षित करना है

मां के मुख से अन्याय शब्द सुनकर भरत चौक पड़े

अन्याय! कौन सा अन्याय ?माता कृपया विस्तार से कहें।

अयोध्या नगरी में जहां कहीं भी अन्याय हो रहा है उस पर तुरंत कार्यवाही होगी मां।

तुम्हारी अपनी पत्नी जिसके अधिकारों का हनन अनभिज्ञता में तुमसे हुआ पुत्र।

हनन ?...माता यह कैसा आरोप है मुझे समझाएं। भरत हाथ जोड़कर मां के चरणों में बैठ गए।

पुत्र मांडवी ने राजसी वस्त्र त्याग तापसी की भांति महल में जीवन व्यतीत करने का निर्णय लिया है मेरी क्षीण होती दृष्टि और व्याकुल हृदय में अधिक धैर्य नहीं है पुत्र! उसका वेश ही उस पर हो रहे अन्याय का सूचक है।

अब मैं अब समझा आपके आने का प्रयोजन। माता ... आप ही निर्णय करें। गृहस्थ जीवन मेरे लिए संभव नहीं ..केकई मां द्वारा किए गए पाप को जब तक मैं प्रक्षालित नहीं कर देता मेरा हृदय उस अभिशप्त वरदान

के तले ग्लानि द्वेष से दबा ही रहेगा ऐसे में जब मेरे दोनों भाई सन्यासी जीवन व्यतीत कर रहे हैं तो मैं कैसे गृहस्थ जीवन का भोग कर सकता हूं माता? फिर वह जीवन महल में हो या कुटिया में हम सभी एकांतवास को भोगने के लिए बाध्य है। वस्त्र राजसी हो या गैरुए क्या फर्क पड़ता है।

तो क्या मांडवी को भार्या धर्म से वंचित रखोगे भरत?

एक पत्नी को अपना जीवन निरुद्देश्य प्रतीत होने लगता है जब वह अपने पति के उत्तरदायित्व में सहभागिनी नहीं होती उस पर भी जब वह अपनी बहनों को प्रतिदिन धर्म निर्वाह करते देखती है तो उसके लिए हर पल विष समान प्रतीत होता है उसकी आत्मा कचोटी है पुत्र। वो अकारण ही पति दायित्व निर्वहन में संभवत: प्रण भंग का कारण बन बैठी है।

...माता आप तो न्यायकारी हैं। आप ही बताएं इस पूरे घटना क्रम का केंद्र बिंदु मैं हूं मेरे ही कारण माता केकई ने दुष्ट मंथरा के बहकावे में आकर वरदान मांगे, मेरे ही कारण मेरे भ्राता जो सिंहासन पर विराजमान होते वह वन वन भटक रहे हैं और मैं ही कारण बना अपने पिता की मृत्यु का।

एक व्यक्ति की राज्य लिप्सा अहंकार में किए गए कर्म का परिणाम रघुकुल के हर प्राणी को अलग-अलग प्रकार से भोगना पड़ रहा है स्वयं कैकई माता इस अपराध का दंड भोग रही हैं और हम सब साझीदार हैं। जब इस दंड का सीधा संबंध मुझसे है तो मांडवी स्वत: इस प्रायश्चित में साझीदार होगी ही। मांडवी का तापसी वेश समय अनुसार उचित है मां।

आपके श्री मुख से यह सुनकर मुझे असीम शांति मिली।

शांत वत्स! तुम अपने दायित्व बोध के कारण बहुत भावुक हो रहे हो। पुत्र मैं तुम्हारी भावनाओं से पूर्ण तरह अवगत हूं। मांडवी तुम्हारे वियोग

से विचलित नहीं है बहुत ही धैर्यशीला है। उसकी मात्र एक पीड़ा है वह तुम्हारी साधना में भागीदार बनना चाहती है संभवत: ये मुमकिन भी हो सकता है मैं उसकी पीड़ा को कम नहीं कर सकती पर उसे पत्नी धर्म निर्वाह का अवसर प्राप्त हो यह प्रयास तो कर ही सकती हूं।

एक माता अपनी इच्छा तुम्हारे समक्ष रख रही है। पुत्र ! राजमाता होने के कारण मेरा दायित्व भी यही है कि किसी तरह नगर हो या महल हर जगह की परेशानियों को मैं संभवत कम कर पाऊं।

माता क्या मांडवी ने आपसे कुछ कहा ?

नहीं वत्स कुछ पीड़ा मौन में ज्यादा कोलाहल करती है। पीड़ा को शब्दों की आवश्यकता नहीं होती उसे गर्व है पति की निष्ठा व्रत प्रेम, धर्म परायणता पर।बस वह तुम्हारी सेवा करके अपने जीवन को सार्थक करना चाहती है इस कुटिया को बुहारना, पूजा सामग्री यथावत रखने इत्यादि में ही वह जीवन की सार्थकता खोज चुकी है।

पुत्र जिस शालीनता से हम सब इस काल के साथ चल रहे हैं अपनी नियति मानकर उसी शालीनता से मैं तुमसे आश्वासन चाहती हूं कि मांडवी को दायित्व निर्वाह का अवसर प्रदान करो।

मां आपकी बात नहीं टाल सकता परंतु प्रतिदिन आना कैसे संभव होगा। पुत्र इसका रास्ता भी मांडवी निकल लेगी।

..जैसी आपकी आज्ञा माता।

भरत नेअपना पक्ष स्पष्ट करने के पश्चात मां के प्रयोजन को अपनी स्वीकृति दे दी।

माता अपने ध्येय में सफलता प्राप्त कर पुनः महल की ओर लौट गई।

१५

महल में प्रवेश करने के पश्चात रानी सुमित्रा ने राजमाता को देखा अचरज से पूछ बैठी आज राजमहिषी ..क्या नगर भ्रमण पर गई थी?

नहीं सुमित्रा मैं नंदीग्राम गई थी भरत से भेंट हेतु एक पत्नी का अधिकार मांगने। तो राजमाता सफल हुई अपने प्रयास में? तापसी पुत्र ने क्या कहा?

माता सुमित्रा के आंखों में व्याकुलता स्पष्ट दिख रही थी। केकई के अकर्म जो हम सबके जीवन में दुर्भाग्य ले आए हैं बल्कि वह स्वयं भी कलंकिनी घोषित हो गई है सदैव के लिए ।अपने पुत्र की प्रकृति जान गई होती तो कभी यह कर्म नहीं करती दीदी.. हम दोनों से ज्यादा दुर्भाग्यशाली है केकई। हमने सिर्फ महाराज को खोया है, अपनी संतानों को नहीं खोया।

हां सुमित्रा केकेई का सामाजिक त्याग तो हो गया वह इतनी हतभागिनी हो गई उसका पुत्र उससे विरक्त हो गया

...कैकई ने जिस वरदान को मांग कर पति और पुत्र दोनों को खो दिया उस वरदान का कोई मोल नहीं रह गया दीदी.. हम सबके जीवन में चौदह बरस की अभिशप्त कालिख धुंध की भांति छा गई जिसमें ना कुछ समझ आता है ना कुछ दिखाई पड़ता है।

सत्य कहा... बहुत कठिन समय है यह

जिस समय भरत ने तापसी बन राज्य संचालन का ऐलान किया था उस समय पुत्र भरत पर धन्य हो गई थी उसने अपने बड़े भाई के धर्म को

अपना धर्म माना और राज्य वैभव सब त्याग दिया परंतु भरत ने तापसी जीवन स्वीकार कर के वरदान की अभिशप्तता और बढ़ा दी।

जीवन काल में संतान की नजरों से गिरना मृत्यु से बड़ी सजा है।

हां सुमित्रा!.. पर मैं अपने प्रयास में सफल हो गई। पुत्री मांडवी को शुभ संदेश देकर आती हूं। ज्यों ही मांडवी कक्ष की ओर माता ने रुख किया मांडवी को अपनी ओर आते हुए देखा।

प्रणाम माता ...

सुखी रहो! पुत्री ऐसा लगता है मानो रात भर तुम सोई नहीं। जी माता श्री।

रात्रि एक व्यवधान लग रही थी। ऐसा प्रतीत हो रहा था कि शीघ्र भोर हो और आपके श्री मुख से मुझे आदेश प्राप्त हो।

पुत्री प्रभु ने तुम्हारी सुन ली। पुत्र भरत ने मोन स्वीकृति दे दी है।

मांडवी ने प्रसन्नता पूर्वक माता के चरण छुए सजल नेत्रों से बोली माता आपने मुझ पर यह बहुत बड़ा उपकार किया है। पुत्री मैं नहीं यह प्रभु की इच्छा है परंतु तुम यह सब कैसे व्यवस्थित करोगी?

माता श्री विचार के पश्चात मैं इसी निष्कर्ष पर पहुंची कि ब्रह्म मुहूर्त में जब आर्य सरयू नदी की ओर रुख करेंगे मैं चुपके से कुटिया में प्रवेश कर सब यथावत करके शीघ्रता से उनके लौटने से पहले कुटिया से निकाल आऊंगी।

उचित विचार है पुत्री मुझे तुम पर पूर्ण विश्वास है। प्रणाम माता श्री ....में कल से ही जाने की योजना बनाती हूं।

माता के जाने के बाद मांडवी बहुत प्रसन्न थी। उसे इस बात का जरा भी दुख नहीं था कि उसे कुटिया में रहने की अनुमति नहीं मिली कौशल्या माता के प्रयास से उसे पत्नी धर्म निभाने का शुभ अवसर प्राप्त हो चुका था उसने तुरंत सुमंतजी को बुला लिया आदेश पाते ही सुमंत जी तत्परता से वहां पहुंचे। आयु में पिता समान थे .. आदर पूर्वक मांडवी से बोले।

जी बहू जी।

काका श्री आपके श्री चरणों का साथ अयोध्या को हर काल में प्राप्त हुआ है। महाराज के निर्णय में सदैव आपकी सोच परिलक्षित होती रही।

..जी यह मेरा सौभाग्य था महाराज मुझे इतना सम्मान देते थे आप निसंकोच आदेश दे।

आप जानते हैं ज्येष्ठ श्री राम के अयोध्या ना लौटने कारण स्वामी कितने खिन्न थे।उन्होंने भी तापसी जीवन का वरण किया यह उनका धर्म था।मैं चाहती हूं उनके प्रण का हिस्सा बन मैं भी अपना धर्म निर्वाह करूं।

परंतु बहुजी यह कैसे संभव है?

युवराज भरत ने तो गृहस्थ जीवन त्याग दिया है।

जी काका मैं भी उनके प्रण में बाधा नहीं बनूंगी बस दैनिक कार्यों में सहयोग देकर ब्रह्म मुहूर्त में ही लौट आऊंगी जब स्वामी सरयू में स्नान हेतु जाएंगे। मेरा प्रयास रहेगा कि मेरी उपस्थिती का भी उन्हें भान नहीं हो पाए।

जैसी आज्ञा ...रानी जी मैं व्यवस्था करता हूं।

मांडवी भी तत्परता से जाने की तैयारी में जुट गई।

१६

निश्चित समय पर सुमंत के साथ मांडवी नंदीग्राम की ओर चल पड़े। आज मन में उत्साह था प्रतीक्षा के काले बादलों में जो कौशल्या माता ने आशा की किरण प्रस्फुटित की थी। उसकी आभा से चेहरा दमक उठा।

रथ पर सवार होने से पहले मांडवी ने महल की चौखट और राजमहल को देखकर शीश झुकाया क्योंकि इतने कठिन समय में इस राज महल के संस्कार और नीतियों के कारण ही उसे राजमाता ने ये अधिकार दिलाया था वह कृतज्ञ थी और उसकी कृतज्ञता की दमक राज महल की उस अटारी पर झलक रही थी जहां से वह भरत की कुटिया में जलते हुए दीपक को सूनी आंखों से प्रतिदिन देखा करती थी आज वह अटारी मांडवी को उसका धर्म निर्वाह करते हुए दूर से देख रही थी और एक- एक क्षण को भावी पीढ़ियों हेतु इतिहास के लिए सहेज रही थी।

जब रथ को सुमंत ने रोकने का आदेश दिया तब मांडवी की तंद्रा टूटी और देखा नंदीग्राम में वह पहुंच चुकी है।

बहू जी यह स्थान सबसे उपयुक्त है युवराज भरत की कुटिया ज्यादा दूर भी नहीं है और सरयू जाते समय किंचित मात्र उन्हें अनुमान नहीं होगा....

जी काका श्री मैं शीघ्र ही आती हूं।

मानो मांडवी के तापसी वेश में उसके भावों ने आभूषण का रूप ले लिया हो। कुटिया के पथ पर शीघ्रता से वह बढ़ी चली जा रही थी लक्ष्य

के मोती हृदय भावों में पिरोकर मांडवी के लिए मंगलसूत्र बन चुके थे उसका ललाट माता के प्रयासों के चंदन तिलक से शोभित था। शीघ्रता की पायल छनकाती हुई वो कर्म पथ पर बढ़ी जा रही थी।

कुटिया के आड़ में ही कुछ दूरी पर एक बड़े वृक्ष के पीछे छिपकर वह आर्य भरत के जाने की प्रतीक्षा करने लगी।प्रातः उपक्रम के पश्चात जब उसने कुटिया से भरत को बाहर आते देखा तो लगा मानो यह पल सदा के लिए रुक जाए।स्वामी के दर्शन मात्र से ही उनके प्रति सम्मान प्रेम में वृद्धि हो रही थी वह इस वक्त आर्य भरत में पति की छवि देख ही नहीं पा रही थी आर्य व्यक्तित्व में तापसी और त्यागी भाव से परिपूर्ण व्यक्ति दिख रहा था जिसने राज पाठ का त्याग कर अपने भाई की तरह ही जीवन व्यतीत करना पसंद किया।

जैसे ही भरत स्नान हेतु निकले शीघ्रता से मांडवी कुटिया में प्रविष्ट हुई स्वामी की कुटिया को बुहारा कुश आसन बिछाया पूजन सामग्री व्यवस्थित की, घृत, दिया बाती, यज्ञ कुंड जो साथ लाई थी सब यथा स्थान रखकर एक पुष्प माला भी साथ में रख दी।

सभी व्यवस्था कर उसने सिंहासन पर रखी पादुकाओं को अपने आंचल से साफ किया और माथा झुका के नमन किया और तुरंत कुटिया के बाहर आ गई क्योंकि आर्य किसी भी वक्त पहुंच सकते थे।

कुटिया में प्रवेश करते ही भरत ने द्वारपाल को पुकारा

कोई आया था क्या कुटिया में मेरी अनुपस्थिति में ?

कुछ ज्ञात नहीं महाराज अंधकार में एक परछाई अनुमानित हुई थी।

(भरत में जब द्वारपाल की आंखों में देखा तो उसने नज़रे बचाने लगा)

कौन मांडवी?

क्षमा महाराज ! परछाई ही आती और जाती दिखी।

कुटिया को भरत ने देखा कण कण सुगंधित था। पुष्प माला, पूजन सामग्री की सुगंध से ।सभी कुछ व्यवस्थित था। मांडवी का निश्चल प्रयास माता का कथन याद दिला गया ।जब माता ने कहा था अनभिज्ञता में मांडवी के साथ अन्याय हुआ है।

आज भरत हृदय से माता को धन्यवाद दे रहे थे और स्वयं को दोषी मान रहे थे कि मैं अकारण ही तुम्हें प्रण भंग होने का कारण समझ बैठा। तुम्हारी उपस्थित से मैं विकल और दुर्बल नहीं बल्कि स्वयं को आज दृढ़ महसूस कर रहा हूं मांडवी धन्य हूं मैं !जो तुम मेरी पत्नी हो। मेरी प्रण यात्रा तुम्हारी कारण ही सुगम प्रतीत होने लगी है।

आज पूजन के समय ऐसा प्रतीत हो रहा है मैं अकेला नहीं अपनी सहधर्मिणी के संग यज्ञ में आहुति दे रहा हूं। यह पुष्प माला तुम्हारे श्रद्धा और जतन की सुगंध बिखेर रही हैं पूजन पश्चात आज भरत आत्मग्लानि अनुभव कर रहेथे।

..क्षमा कर दो ..मांडवी !मैं तुम्हें अकारण ही प्रणभंग का कारण समझ मन को शंकित कर दिया था जबकि आज तुम्हारी उपस्थिति मात्र से मैं स्वयं को दृढ़ और ऊर्जा से परिपूर्ण अनुभव कर रहा हूं। ..तुम्हें सिर्फ तप्त धरा की भांति तापसी जीवन को मैंने बाध्य कर दिया प्रिये !

पर इस समय तुमने कुटिया में आकर शीतल बयार की भांति सब कुछ सरल कर दिया।

जिस समय मैं तुम्हें महल में छोड़कर... आया था उस पल भी तुमने मुझे विचलित नहीं होने दिया और आज भी तुम्हारे अस्तित्व की गंध ने मुझे दृढ़ता प्रदान की है प्रिया।

वृक्ष की ओट से जब मांडवी ने भरत को आश्वस्त देख लिया तो प्रफुल्लित हृदय से रथ पर आरूढ़ हो महल की ओर चल दी।

आज मांडवी का मन मयूर के भांति नृत्य कर रहा था क्योंकि हृदय के किसी कोने में मांडवी को संशय था कि स्वामी के दृष्टिपथ में आते ही कहीं सांसारिक इच्छाएं मन की भित्तियों पर दस्तक न देने लगे परंतु आज वह स्वयं पर अभिमान कर रही थी और स्वतंत्र बयार की तरह अनुभव कर रही थी कि वह कर्म से ही नहीं अपितु आत्मा से अपने पति धर्म का निर्वहन कर रही है स्वामी को देखकर भी उसका हृदय संयमित था।

रथ द्रुतगति से महल की ओर बढ़ रहा था और उसका मन आज संतुष्ट था आज से वह विरहिनी नहीं योगिनी जो बन गई थी। राजमहल की अटारी उस पत्नी के स्वागत को आतुर थी जो आज अपने ध्येय में सफल होकर राजमहल लौट रही थी।

१७

महल में प्रवेश पश्चात सर्वप्रथम कौशल्या माता से भेट हेतु मांडवी उनके कक्ष में गई और अपने ध्येय की सफलता का समाचार दिया।मांडवी की प्रफुल्लता देख कौशल्या मां को विशेष संतोष हो रहा था ।मांडवी के कदमों ने अपना सार्थक पथ खोज लिया था उसके मुख मंडल पर आत्मिक सुख दिखाई दे रहा था सिर पर हाथ फेर कर मां ने कहा जाओ पुत्री.... केकेई को जाकर यह समाचार दे दो उसकी पीड़ा संभवत कुछ कम हो जाए।

कौशल्या माता की अनुभवी दृष्टि और हृदय की कोमल भावनाओं के तारतम्य को देख वह चौंक गई वह सोचने लगी की इतना विराट हृदय कैसे किसी का हो सकता है ?जिस व्यक्ति ने अपने अहंकार में सारी खुशियां छीन ली हो ।संपूर्ण महल को एकांतवास की मलिनता से ढक दिया हो। उसके दुख के बारे में भी माता इतना सोचती हैं विचारो की उथल-पुथल अश्रु जल में झलक रही थी।

मां इतना विराट हृदय... मेरा अनुमान था की आप राजमाता का धर्म का निर्वाह कर रही है। परंतु आपकी आत्मा कितनी विशुद्ध है मां आपके श्री चरणों में ही सुख है ....माता मैं धन्य हुई। ग्लानि बोध से दबी स्त्री की पीड़ा को आपने समझा ही नहीं अपितु उसको कुछ क्षण शांति के मिल जाए इसके लिए प्रयास भी किया ।

अरे नहीं पुत्री ...मुझे इतना उच्च स्थान देने की आवश्यकता नहीं है। केकई परिवार की सबसे अभिशप्त स्त्री है चाहे अपराध उसने जानबूझकर

किया हो पर उसके अपराध के दंड की सर्वाधिक भागीदार वह स्वयं है।जाओ पुत्री उसे शुभ संदेश दो जिससे तनिक ग्लानी भार कम हो।

मां वास्तव में आप ममता से परिपूर्ण सागर हो जिसकी हिलोरे इस कठिन काल में हम सबको अभिभूत किए हुए हैं।

तुम बहुत भावुक हो रही हो बस मैं बड़ी हूं और छोटों के प्रति अपना धर्म निर्वाह कर रही हूं। इस कठिन समय में अगर मेरे प्रयासों की वजह से किसी की पीड़ा को मैं थोड़ा सा भी कम कर पाऊं तो मेरे लिए यह सौभाग्य की बात होगी।

जी माता श्री..जैसी आपकी आज्ञा।

माता का आशीर्वाद लेकर मांडवी केकई कक्ष की ओर चल दी।

१८

सदा से माता केकई को मांडवी प्रिय रही है परंतु समय के इस घटना चक्र ने मां को विचित्र स्थिति में खड़ा कर दिया है मांडवी को पूर्ण सहानुभूति थी माता से परंतु जब भी भेंट की सोचती तो उसे लगता संभवत: उसे देख माता का ग्लानि भाव बढ़ नहीं जाए तो कदम रुक जाते थे। माता ने पुत्र मोह में कुछ गलत भी नहीं किया था परंतु वह यह भूल गई थी कि वह अयोध्या की विदुषी ,विलक्षण बुद्धि सैन्य कला में दक्ष महारानी भी हैं। राज्य का संपूर्ण अधिकार जिस प्रकार एक राजा का होता है उसी प्रकार रानी भी अधिकारिणी होती है ,दायित्व निर्वाहिनी होती है ।

आर्य भरत ने स्वयं बताया था की माता केकई महाराज दशरथ के साथ युद्ध में जाती थी उनके निर्णय तत्परता और वीरता से महाराज ने विजय भी हासिल की है ऐसी विदुषी दूरदर्शी रानी ने सिर्फ एक मां के पद को सर्वोपरि कैसे रख लिया ?उसके मन में एक बार भी नहीं आया कि वह राजरानी की तरह विचार करें।

एक मां को राजरानी ने दुर्बल बना दिया और वह हठ कर बैठी

समय के कुचक्र में हम सब फंस चुके हैं... यह सोचते सोचते माता के कक्ष तक मांडवी पहुंच चुकी थी।

प्रणाम माता... आओ !पुत्री तुम्हारे मुख मंडल की आभा मुझे कुछ शुभ संदेश दे रही है ।

आर्य भरत से सुना था माता के अनुभव परख गुण के बारे में और आज सुनकर मांडवी हतप्रभ भी रह गई कि बिन बताए ही माता को आभास हो गया उनके नेत्रों में क्षण भर के लिए कांति लौट आई मांडवी को देख।

माता मेरी और आपकी प्रसन्नता का श्रेय कौशल्या माता को जाता है उनके प्रयासों के कारण ही मैं जीवन की सार्थकता खोजने में सफल हुई। सुमंत काका श्री के साथ अब प्रतिदिन ब्रह्म मुहूर्त में नंदीग्राम जाऊंगी और आर्य के स्नान समय में दैनिक पूजन व्यवस्था को संपन्न करके शीघ्रता से लौट आऊंगी

तो पुत्र भरत से तुम्हारी भेट नहीं हुई?

.. नहीं माता यह अपराध मैं नहीं कर सकती थी। उनके प्रण का मूल तापसी जीवन है मैं तो उनके दृष्टि पथ में भी नहीं आई जब आर्य ने सरयू नदी की ओर रुख किया तब मैं कुटिया की ओर शीघ्रता से गई द्वारपाल ने भी रास्ता छोड़ दिया। मैंने शीघ्रता से कुटिया बुहारी पूजन सामग्री यथावत रखी और पुष्प माला रखकर चरण पादुकाओं को नमन करके बाहर आ गई। कुटिया के पार्श्व में वटवृक्ष की आड़ से देखा तो लगा उन्हें अनुमान हो चुका था वह बाहर निकले और पूरे परिसर को निहार रहे थे मानों उन्हें प्रतीत हो चुका था मैं अपने ध्येय में सफल हो गई हूं।

सच मांडवी ....दीदी कितनी उदार और निश्छल है।

चाह कर भी मैं दीदी से भेंट नहीं कर पाती। आत्मग्लानि,अपराध बोध कदमों को जड़ कर देते हैं कभी लगता है जीवन समाप्त कर दो अपना, ऐसे तिरस्कृत जीवन व्यतीत करके क्या मिलेगा जिस मां से उसका पुत्र घृणा करने लगे।

नहीं मां नहीं ..

यह तो काल है जिसने हम सबको अपने चक्र तले रौंद दिया है ..फिर मां होता वही है जो नियति ने लिख दिया है हम सब तो माध्यम है कठपुतली की भांति।

...डोर को संचालित तो नियति कर रही है।

मांडवी! तुम मुझे बहलाने और ग्लानि बोध कम करने के लिए यह कह रही हो वरना मुझे ज्ञात है कि मेरा अपराध अक्षम्य है।

केकई माता के प्रति तुम्हारा दृष्टिकोण बहुत उदार है। कदाचित इस संपूर्ण घटनाक्रम की सूत्रधार मैं ही हूं और दुर्भाग्य वश मैंने कुछ दिवस या कुछ माह नहीं चौदह बरस के लंबे अंतराल को अभिशप्त किया है... एक व्यक्ति नहीं संपूर्ण रघुकुल के सदस्यों को मैंने मानसिक और शारीरिक प्रताड़ना दी है। जिस पुत्र को देखे बिना मेरा दिन नहीं बीतता था उस पुत्र को मैंने चौदह वर्ष का वनवास कैसे दे दिया? पता नहीं उस कुल्टा के बातों में आकर इतनी निर्दयी में कैसे हो गई ?

मां जब अपराधी को अपराध बोध हो जाता है उसे अपनी त्रुटि स्पष्ट दिखने लगती है तो वह अपराधी श्रेणी में नहीं रहता।

मांडवी की बात सुनकर केकई माता को लग रहा था कि वह उन्हें सामान्य करने का अथक प्रयास कर रही है।

.... फीकी ही सही आज एक अरसे के बाद इस कक्ष ने कैकई मां की हल्की मुस्कान देखी थी और वह शब्द सुने जो उन्होंने अपनी पीड़ा को दिए थे।

बहुत ही उदार हो पुत्री तुम !जब किसी अपराधी को अधिक उदारता प्राप्त होती है तो उसका ग्लानि बोध बढ़ जाता है.. यकायक मां के नेत्र सजल हो उठे और ग्लानि अश्रुओं ने आज कैकई माता की पीड़ा को वह शब्द दिए जो मांडवी के हृदय और कक्ष भित्तियों पर सदा के लिए हस्ताक्षर कर गए। (माता केकई पुत्र राम से भेंट का वह दिन दोहरा रही थी) इसी ग्लानि बोध से अभिभूत हो मैंने पुत्र राम से वन में विनती की थी उनका अयोध्या वापस लौटना ही मेरे लिए जीवन दान होगा। मेरा ही मन पुत्र मोह में इतना अधर्मी ,अविश्वासी हो गया था कि मैं विवेक शून्य कृत्य कर बैठी।

चंद्रदीप के समान शांत, मृदु स्वभाव वाले पुत्र का क्रोध मुझे प्रचंड ताप समान प्रतीत होता है अपने ही पुत्र को संसार के समक्ष अपराधी बना दिया !

राज्य लोलुप बना दिया उसकी जननी ने.... राम!

(कैकई माता की पीड़ा अनुभव कर मांडवी विचलित स्वर में पूछ बैठी)

मां..यह सुनकर ज्येष्ठ राम तनिक विचलित तो हुए होंगे?

नहीं मांडवी.. पुत्र राम सागर का वह तट है जिसे सागर की विकराल ज्वार भाटे की लहरें भी टकराकर वापस लौट जाती है पुत्र राम अंत तक अपने निर्णय पर अटल रहे और अपने भाई भरत को आश्वासन दिया 14 वर्ष बाद ही अयोध्या लौटेंगे तब तक भरत ही अयोध्या का राज्य संचालन करेंगे।

उस समय माताएं ,गुरुवर सभी आश्वस्त प्रतीत हो रहे थे परंतु मुझे अपना जीवन निकृष्ट और घृणित प्रतीत हो रहा था ।दया, करुणा, क्षमा

जैसे भाव मेरे लिए निरर्थक थे क्योंकि अब मैं भावी पीढ़ीयो के लिए कुमाता का पर्याय बन चुकी थी।

नहीं माताश्री... आप स्वयं के लिए कठोर शब्दों का प्रयोग ना करें. ..एक मां सदा ही अपनी ममता से विवश होती है। आज मुझे आर्य की वह बात याद आ रही है जब वह तापसी जीवन में प्रवेश हेतु नंदीग्राम की ओर प्रस्थान करने की तैयारी कर रहे थे तब स्वामी ने मुझसे कहा था मांडवी कैकई माता का ध्यान रखना जब कुल्टा मंथरा का मायाजाल पूर्णतया समाप्त होगा तब वह बहुत अकेली और असहाय हो जाएगी जिस पतिहीना स्त्री का पुत्र उससे विरक्त हो जाए वह स्त्री टूट जाती है। तब उन्हें अपने कृत्य का अपराध बोध होगा और उसके बाद से ही उनका जीवन अपनी नजर में निकृष्ट, ग्लानि पूर्ण हो जाएगा। इस भाव को लेकर चौदह वर्ष का कठोर समय उन्हें बिताना है भ्राता राम लौट आते तो निश्चित हम सब का समय सरल हो जाता परंतु उनके निर्णय और मेरे प्रण के कारण माता की उपस्थिति मेरे लिए वर्जित है इस अवस्था में तुम ही हो जो उनका मनोबल बनाए रखोगी।

मां! वे बहुत व्याकुल थे। जाते समय सजल नेत्रों से कहा था स्वामी ने ...मांडवी तुम्हें भी लगता होगा कि पति ने उत्तरदायित्व का निर्वहन नहीं किया मैंने अपनी भ्राताओं का साथ दिया कदाचित इतिहास भी यही कहेगा कि मै भी सपत्नीक धर्म पालन कर सकता था । एक बार विचार करो तुम ...स्वयं कि मैं तापसी जीवन का प्रण न लेकर तुम्हारे , माता के साथ महल में ही चौदह वर्ष व्यतीत करता तो कितना हेय प्रतीत होता मानो मुझ पर कोई प्रभाव ही नहीं है माता के अभिशप्त वरदान का मैं तो सुखपूर्वक वैभव विलास भोग रहा हूं।

स्वामी के मुख से निकले शब्द मेरे मानस पटल पर चित्र अंकित करते जा रहे थे और मुझे एहसास भी हुआ कि आर्य सत्य बोल रहे हैं

कितना स्वार्थ परक जीवन हो जाता आपका मेरा और स्वामी का। उस दिन मेरे हृदय की सारे संशय समाप्त हो गए जब स्वामी के दृष्टिकोण से मैंने उन्हें दृष्टिगत किया।

आज कैकई माता के नेत्रों से अश्रुधार रुक नहीं रही थी। पुत्री... तुम्हें नहीं अनुमान तुमने यह सब बता कर मुझ पर कितना बड़ा उपकार किया है। धन्य हो पुत्री तुम !

माता आपकी स्थिति देखते हुए मुझे रहा नहीं गया और मैंने आपको सब कुछ बता दिया जबकि स्वामी ने मुझे मना किया था। आपके अपराध बोध को देखकर लगा कि संभवत आपकी पीड़ा यह सुनकर कम हो जाएगी।

केकई भरत की संवेदनाओं के प्रति नतमस्तक थीं और बिलख बिलख कर सिर्फ यही कह रही थी देखो ना ...मांडवी एक कुमाता की कोख से सुपुत्र ने जन्म लिया। मेरे पापों का प्रायश्चित मेरा पुत्र कर रहा है। ...जिससे उसकी मां उऋण हो सके। धन्य हो भरत! धन्य हो पुत्र !

नहीं माता श्री व्याकुल ना होए आप, स्वामी के हृदय में आपके प्रति कोमल भावनाएं हैं। हां पुत्री मैं अब 14 बरस सरलता से व्यतीत कर पाऊंगी। अब पूर्ण विश्वास है मेरे हृदय को मैं अपने इस जीवन में अपने पुत्र के मुख से पुनः मां सुन पाऊंगी तुमने मुझे भरत की भावनाओं से अवगत कर उबार लिया पुत्री धन्य! हो तुम।

माता को प्रणाम करके मांडवी अपने कक्ष की ओर चल दी। आज कौशल्या माता के प्रयास ने मांडवी और केकई माता के जीवन को एक नई दिशा दे दी।

१९

मुझ अभागी भित्तियो का भाग्य उदय अब तभी होना था जब युवराजो के कदम वनवास समाप्त कर राजमहल की ड्योढ़ी को पार कर महल मे प्रवेश करेंगे।

महल की हर स्त्री जिसने कर्म से जीवन को सार्थकता प्रदान की और धर्म से प्रेम को परिभाषित किया उस स्त्री के विश्वास, प्रेम को स्वर्णिम आभा में परिवर्तित होते देखने को मैं आतुर थी।

वर्ष दर वर्ष महल वासियों के दुख से हुई मलिन भित्तियों को प्रतीक्षा थी माता के उस कांतिवान चेहरे और वात्सल्य पूर्ण अश्रुओ की जो अपने पुत्रों को देखने के लिए पलके बिछाए बैठी थीं।

मैं उर्मिला, मांडवी, श्रुतकीर्ति जैसे उन रानियों की आभा में दमकना चाहती थी जिन्होंने विषम काल को समाज के समक्ष मौन व्यतीत किया।

कैकई माता ने कितना ही अभिशप्त काल अयोध्यावासियों और महल वासियों को दिया हो परंतु उनके वरदान के कारण ही पूरे संसार को प्रभु श्री राम जानकी और लखन जैसे पूजनीय उदाहरण दिए।समाज महल की स्त्रियों के कर्तव्यपरायणता, सदाचरण और सद्गुण जैसे भावों को देख पाया दूसरे शब्दों में कहें की धर्म को देख पाए। महल में रानियां हो या माताएं सभी ने युवराज के वनवास के दौरान अपने-अपने धर्म का निर्वाह करते हुए एकांतवास व्यतीत किया। नियति ने यह कार्य कैकई माता के भाग्य में लिखा था कैकई माता के इन दो वरदानों के कारण ही महल की

स्त्रियों ने निष्ठा कर्तव्य और संस्कारों की नींव समाज में रखी जो युगों युगों तक सराही गई।

कौशल्या माता की जहां एक तरफ ममता भरी सांत्वना सभी के साथ थी वहीं राजमाता होने के नाते उन्होंने मांडवी को उसका अधिकार दिलाया। इस अधिकार के फलस्वरुप ही युवराज भरत और मांडवी ने अपनी अपनी साधना पूर्ण की ।दोनों की साधना में धर्म सर्वोपरि था। इसीलिए वह अपनी निर्बल इच्छा पर विजय हासिल कर पाए। एक दूसरे का क्षणिक सानिध्य पाकर भी वह सबल और दृढ़ बने रहे। धर्म से अभिभूत इस दंपति ने बहुत ही स्वाभाविक तरीके से शारीरिक इच्छाओं की नगण्यता और कर्तव्य की श्रेष्ठता को धर्म से घोषित किया।

राज महल के द्वारों को प्रतीक्षा थी ज्येष्ठ पुत्र राम और सीता के साथ अयोध्या के युवराजों केआगमन से नगर का भाग्योदय हो। अयोध्या के राज्य को युगों युगों तक संस्कृति, धर्म, कर्तव्य निष्ठा से संचालित करें।

वह दिन कितना शुभ होगा जिस दिन अयोध्या के राजा राम सीता और तीनों युवराज हमेशा के लिए राजमहल में प्रवेश करेंगे।

महल के झरोखे जहां सूनी रहा तक रहे थे। वहीं कक्षों की चौखट प्रतीक्षारत थी "प्रिय"के पद चापो के लिए। ....प्रतीक्षा थी चौखट को पार कर चौदह बरस से छूटे जीवन को लेकर कक्ष में प्रवेश करें और उन क्षणों को सभी दंपति नव विवाहित के भांति उत्सव की तरह मनाए। सानिध्य की कांति से कक्ष को पूर्ण दमकने, सुगंधित होने की प्रतीक्षा थी।क्योंकि जहां युवराज अपने प्रण साधना निष्ठा पूर्वक पूर्ण करके लौटे थे वहीं रानियो ने भी महल में अपनी साधना को धर्म, कर्म और मन से पूर्ण कर साध्वी जीवन व्यतीत किया था।

प्रियवर का लौटना ही साधना समाप्त होने का संकेत था और आरंभ था उन सपनों को जीने का जो वह मिथिला से अपनी पलकों पर सजाकर अयोध्या लाई थी और उन स्वप्नों को जीवन्त करने का जो चौदह बरस से अभिशप्त मृगमरीचिका की भांति सिर्फ मानस पटल पर रह गए थे।

माताएं कितनी उत्साहित होगी अपने पुत्रों की छवि निहारने को, माता के वर्षों के तप्त मरू नैनों को उस दिन वात्सल्य भिगोकर संतृप्त कर देगा। जीवन के अनुभवों के ताने बाने से बना कौशल्या माता का आंचल इतना सुखद और ममता से उष्मित था की इस उष्मा ने महल की स्त्रियों की बरसों की बूंद बूंद पीड़ा को अपने में सहेज कर रखा और ममता के स्पर्श के कारण ही कभी इतना संतृप्त नहीं होने दिया कि "पीड़ाघन" बरस पड़े।

www.ingramcontent.com/pod-product-compliance
Lightning Source LLC
LaVergne TN
LVHW041548070526
838199LV00046B/1867